Y. 5492.
.FH.

par de morgues
à l. De Ximenès.

LETTRES
PORTUGAISES
EN VERS.
PAR MAD.ᵉᵉ. D'OL***.

A LISBONNE,

Et se trouvent à Paris,

Chez N. B. DUCHESNE, Libraire, rue S. Jacques,
au-dessous de la Fontaine S. Benoît,
au Temple du Goût.

M. D. CCLIX.

AVERTISSEMENT.

CET Ouvrage a été tiré des Lettres d'une Religieuse Portugaise à son Amant, qui l'avoit abandonnée pour retourner dans sa patrie. Elles passent pour les Lettres de sentiment le plus fortement pensées, & le plus naturellement écrites ; elles ont un avantage commun avec celles d'Héloïse & d'Abaillard : c'est d'avoir été écrites par une personne qui n'avoit d'autre dessein que de peindre sa passion, & de rapeller ses malheurs à celui qui les avoit causés. Cette persuasion, que l'on se plaît à conserver, y jette plus d'intérêt ; elle produit une sorte d'illusion que l'on a tâché de laisser subsister en se rapprochant, autant qu'il a été possible, de la simplicité de la prose.

a ij

Quoique ces deux Lettres paroiſſent avoir le même objet, elles laiſſent appercevoir quelques nuances dans le plus ou le moins d'eſpoir & de confiance qui reſte à celle qui les écrit.

LETTRES
PORTUGAISES
EN VERS.

Par Mad.ᶫˡᵉ. d'Ol * * *.*

LETTRE PREMIERE.

 CRIME de l'amour ! ô charme de ma
vie !

Illusion flatteuse à mes defirs ravie !

Vous ne me préfentiez que d'aimables objets,

Et je compte aujourd'hui mes maux par mes projets.

Ces projets infenfés, qui m'avoient trop féduite,

Cette douce efpérance à jamais eft détruite;

A iij

Je la perds, & je brûle encor des mêmes feux,

Tu t'en applaudiſſois en fuyant de ces lieux.

Alors je me flattois, mais depuis ton abſence,

Tout m'enflâme & m'aigrit, tout m'afflige & m'of-
    fenſe;

Tu m'auras pu tromper par de légers égards,

Et ta pitié pouvoit attendrir tes regards.

Quoi! ces yeux enchanteurs, ces yeux remplis de
    flâme,

Ne m'exprimoient donc pas le trouble de ton ame!

Les miens errans, craintifs & contens tour à tour,

Ne virent dans les tiens, Cruel, que mon amour.

Aujourd'hui languiſſans, ils ont perdu leurs char-
    mes:

Eteints, preſqu'effacés, ils n'ont plus que des larmes:

Sans deſſein... ſans eſpoir... au comble du mal-
    heur...

La cauſe m'en eſt chere, & j'aime ma douleur:

Je vais y ſuccomber. Ma carriere eſt finie,

Je ne m'en plaindrai pas. Je t'ai donné ma vie;

Expirante, j'envoye après toi mes soupirs,

Mon crime & mes remords, l'erreur de mes desirs.

Je cherche l'espérance, elle me fuit sans cesse ;

Tout me désole & rien ne flatte ma foiblesse.

L'inutile raison, le fléau de mes jours,

Me tient à chaque instant ces barbares discours.

» Que fais tu, Malheureuse? où s'adressent tes plaintes?

» Tu graves dans ton cœur de mortelles atteintes.

» Renonce à ta chimere & romps d'indignes fers,

» Ton amant, pour te perdre, a traversé les mers.

» Au milieu des plaisirs son ame est satisfaite,

» Tu gémis, sans espoir, dans ta sombre retraite

» Ton infidele amant te rend ta liberté....

» Et te méprise encor de l'avoir regretté....

» A peine apperçoit-il ta triste destinée...

Mais ne suis-je donc pas assez infortunée?

Pourquoi vouloir encore augmenter mes malheurs?

Sans doute tu me plains & tu sens mes douleurs.

A quel point m'égaroit une fureur jalouse

Tu me regretterois près d'une jeune épouse.

Jamais un autre amour ne te rendroit heureux.

Tu te rappellerois mes tranſports & mes feux.

J'avois tort d'écarter un ſouvenir ſi tendre.

J'aime à ſonger aux ſoins que tu daignois me rendre.

Je ſerois trop ingrate en éloignant de moi

Le ſouvenir d'un bien que je ne dus qu'à toi.

Quoi ! d'un bonheur ſi grand le ſouvenir terrible

Change les biens en maux dans une ame ſenſible !

Le déſeſpoir , la rage & les ſoupçons jaloux

Naiſſent de ces inſtans ſi touchans & ſi doux !

Le même cœur ſent-il tant de joie & de peine ?

Le mien, en te parlant, vouloit rompre ſa chaîne.

Quand je liſois ta lettre , il ſembloit s'arracher ,

Pour s'élancer vers toi , te joindre ou te chercher.

Trop agitée enfin je tombe en défaillance ,

Et mes derniers ſoupirs s'exhaloient vers la France.

Que j'étois ſatisfaite en ces triſtes momens !

Je croyois entrevoir la fin de mes tourmens ,

Je ne voyois que toi dans la Nature entiere ;

Je m'en applaudiſſois en perdant la lumiere ,

Je renais pour souffrir en revivant pour toi,

Et ces maux si cruels ont un charme pour moi.

Voilà de tant d'amour l'unique récompense....

N'importe..... je t'adore en perdant l'espérance :

Souvent je veux te suivre en mes emportemens,

Je veux te rappeller tes perfides sermens,

Je veux tout hasarder, je veux te satisfaire,

Te chercher, te trouver, te troubler ou te plaire ;

Honneur, vertu, raison, je perds tout en un jour,

Je n'ai plus que mon cœur, mes pleurs & mon amour.

Mais j'ai tort de nourrir des espérances vaines,

Accoutumons notre ame à ne songer qu'aux peines.

A nourrir sans espoir un triste & vain desir.

Je fus créée hélas ! seulement pour souffrir.

Le bonheur imprévu que le Destin m'envoye,

Vient verser dans mon cœur une trompeuse joie.

Que l'amour aisément soutient le désespoir !

Je crois en t'écrivant te parler & te voir.

Par mille sentiments mon ame est tourmentée,

Pourquoi m'avoir, Cruel, à ce point enchantée ?

Le préfent de ton cœur préparoit mes ennuis,

Tu vis en m'enflâmant le moment ou je fuis.

A peine j'exiftois avant de te connoître ;

Pour me faire languir, tu m'avois donné l'être.

J'étois tranquille alors, j'euffe ignoré l'amour.

Pourquoi venir troubler un paifible féjour ?

Je vivois fans plaifirs, fans projets, fans allarmes.

Ne me ranimois-tu que pour verfer des larmes ?

Vengeois-tu quelque injure ?... Ah ! pourquoi t'ac-
       cufer ?

Cherchons, fi je le puis, plutôt à t'excufer.

Le Deftin a tout fait. C'eft lui qui nous fépare ;

Mais il ne peut te rendre injufte ni barbare :

Nous pouvons nous aimer en ne nous voyant pas:

L'amour unit deux cœurs féparés de climats.

Parle moi tous les jours, fi tu veux que je vive,

De toi, de tes projets, de tout ce qui t'arrive.

Ah ! Dieu ! que vais-je faire ? ...ô vœux trop inhu-
       mains !

Ce billet fortuné doit tomber dans tes mains.

Je ne puis le quitter... Que ne suis-je à sa place?
Flatteuse illusion qui trop vîte s'efface.
Adieu.... rappelle-moi tes premieres ardeurs,
Dût cette image encore augmenter mes malheurs.

LETTRE SECONDE.

J'Apprends, en cet instant, qu'une affreuse tempête,
Loin de la France encor pour quelque tems t'arrête.
N'as-tu pas bien souffert de la fureur des flots?
Cette crainte nouvelle augmente encor mes maux.
Je devrois cependant, si je t'étois plus chere,
Etre de ton malheur instruite la premiere.
Un seul mot de ta main eût calmé mon effroi,
Eût effacé tes torts & m'eût prouvé ta foi.
Mais quand tu deviendrois mille fois plus barbare,
Puisse te conserver le Ciel qui nous sépare!
Croirois-tu bien, hélas! que, plus je réfléchis,
Moins, je songe à sortir de l'état où je suis.
Je forme le projet, (juge de ma foiblesse,)
De nourrir par l'espoir l'excès de ma tendresse.

Mon amour, malgré toi, sçaura me raffurer.

Tu ne peux m'empêcher d'aimer & d'efpérer;

Tu ne peux m'arracher cette douce habitude.

Tu fis, de me tromper, une barbare étude.

Dans les commencemens il falloit laiffer voir

Cette injufte froideur que je n'ai fçu prévoir.

Toute autre t'auroit cru conflant, tendre, fenfible,

Et j'avois à te croire un penchant invincible.

Quand d'un trait fi puiffant un cœur peut fe bleffer,

Il fouffre encor longtems avant de s'offenfer.

Avant de t'ennuyer de mes frivoles craintes,

J'ai longtems fatigué le Ciel avec mes plaintes.

Loin de vouloir douter de ta fincérité,

Je me le reprochois, quand j'en avois douté.

Qu'il te feroit aifé de trouver une excufe!

Tu n'as qu'à le vouloir.... Moi-même je m'abufe.

J'invente des raifons que tu ne cherches pas.

Penfe au tems où j'avois à tes yeux des appas.

Par combien de moyens tu cherchois à me plaire!

A peine mes tranfports pouvoient te fatisfaire.

Chaque jour, plus fenfible à tes aimables foins,

Ce que tu hafardois pour me voir fans témoins,

Tes lettres, nos plaifirs & ton inquiétude,

De mon lien nouveau la douce fervitude,

Tes perfides baifers, le bonheur de t'aimer,

Tout ce que je penfois fervoit à m'enflâmer.

Ter fermens raffuroient une crainte mortelle,

Je crus te voir brûler d'une flâme éternelle.

Les fuites (tu le fçais) de ces commencemens,

De ces plaifirs fi doux, furent d'affreux tourmens ;

Un fouvenir amer, de cruelles allarmes,

L'image du paffé pour moi trop plein de charmes,

La certitude enfin du plus funefte fort,

La honte & l'abandon, la douleur & la mort.

Je te dois des plaifirs que je conçois à peine,

Mais auffi je te dois une efpérance vaine.

Le fouvenir conftant de ces cruels plaifirs

Eternife en mon cœur mes malheureux defirs.

Que tu m'as fait payer les biens que je regrette !

A quels renverfemens la penfée eft fujette !

Si , pour te mieux connoître & pour me raſſurer,

J'avois mis mon étude à te déſeſpérer ;

Si j'avois repouſſé le charme qui m'entraîne ,

En voulant eſſayer d'appeſantir ta chaîne ,

De tes chagtins paſſés tu m'aurois dû punir ;

Mais ton départ.... O Ciel ! l'ai-je pu prévenir ?

Quel deſtin m'attendoit ? .... Ce cœur , que tout dé

        chire,

Cherchoit à ſe ſoumettre à ton cruel empire.

Contre mon ſort fatal loin de vouloir lutter,

Je ne me flattois point d'y pouvoir réſiſter.

Tu me charmois avant que je ſçuſſe ta flâme ;

Dès que tu le voulus, tu régnas ſur mon ame.

    L'amour me déroboit ſon funeſte poiſon ,

Je bravois l'avenir , je perdois la raiſon ;

J'étois d'un nouveau trait, à chaque inſtant, bleſſée.

Il falloit arrêter cette ardeur inſenſée.

Que faiſois-tu , Cruel, de mes emportemens ? ...

Ton orgueil jouiſſoit déjà de mes tourmens.

Sans un si noir projet, lassé de mes caresses,

Tu m'aurois préféré d'infidelles Maîtresses.

Une autre, plus aimable, en eût cru tes desirs,

Et pouvoit, sans t'aimer, te donner des plaisirs.

Une autre, moins sensible avec les mêmes charmes,

N'auroit point acheté ton bonheur par ses larmes.

Tu vis mon innocence, en troublant mon repos...

Falloit-il me choisir pour m'accabler de maux?

Chaque fois que tes vœux se tournoient vers la
>   France,

Il falloit dans mon ame éteindre l'espérance.

Si tu sçais que mon sort me force à te chérir,

Me peux-tu condamner tous les jours à souffrir?

Je t'ai de mon repos offert le sacrifice,

Aussi facilement que tu fais mon supplice.

Ces obstacles si forts que tu vois entre nous,

Un moment de pitié les applaniroit tous.

Je t'ai sacrifié mon honneur & ma vie...

Après ce que j'ai fait, Lisbonne est ta patrie.

Vas-tu chercher quelqu'un qui compte sur ta foi,

Dont le destin dépende uniquement de toi?

Avant que ton vaisseau s'éloignât du rivage,

Tu devois un moment contempler ton ouvrage;

Tes yeux auroient cru voir des malheurs plus pres-
          sans,

Et ton Pays n'eût eu que des vœux impuissans.

Ton Prince, tes parens, ta gloire, ta patrie,

Te sont-ils plus, qu'à moi mon honneur & ma vie?

Tu m'as tout enlevé, mes crimes sont les tiens.

Tes devoirs étoient-ils plus sacrés que les miens?

Que vais-je devenir?... Incertitude affreuse!

Soumise à ton pouvoir je me trouvois heureuse.

Enfin, si le Destin devoit nous désunir,

Tu peux m'abandonner & non pas me punir.

Hélas! si j'eusse été moins tendre & moins sincere,

Je crois que ma douleur en seroit plus amere.

Mais as-tu bien connu ma sensibilité?

Connoissois-tu ce cœur par toi seul agité?

                                        Pendant

Pendant que tu creufois entre nous un abîme,

Pouvois-tu, fans remords, y traîner ta victime?

Toi-même as-tu conçu quel bonheur tu perdois,

Ce que j'allois fouffrir... ce que tu hafardois?

Moi, dans l'incertitude où tu me vois plongée,

Lorfqu'entre mille horreurs mon ame eft partagée,

Quand tout ce qui t'éloigne un moment de mes yeux

Allume ma colere & me femble odieux,

Par l'amour déchirée & livrée à la haine,

Je tremble quelquefois de voir brifer ma chaîne;

Je crains que mes tourmens ne fortent de mon cœur,

Et le repos m'infpire une fecrette horreur.

Ce vuide affreux déjà me paroît un fupplice:

Je te ferois encor le même facrifice....

Cet orgueil de mon fexe eft bien humilié!

Bornée à défirer une vaine pitié,

Je laiffe voir mes pleurs, je n'ai plus rien à craindre.

Ma mere, moins barbare, a fini par les plaindre,

Et mes compagnes même en voyant mes malheurs,

T'en reprochent la fource, & partagent mes pleurs.

B

Ma douleur attendrit l'ame la plus auſtere.

Qui ſçait ma paſſion la plaint & la révere.

Es-tu ſeul inſenſible à tant de maux ?... hélas!

Tu mépriſes mes pleurs autant que mes appas.

Quand je veux me flatter, quand je relis ta lettre,

Une douleur nouvelle en mon ame pénetre ;

Je crois te voir laſſé d'un foible ſouvenir,

M'écrivant par honneur & préſſé de finir.

L'autre jour, de mes maux l'unique confidente,

Hors de ces triſtes murs me conduiſit mourante ;

Le haſard nous mena vers ces lieux fortunés,

Aujourd'hui pour jamais aux larmes deſtinés,

Où la premiere fois tu t'offris à ma vûe ;

Alors de mon malheur parcourant l'étendue,

Je ſentis mon eſpoir s'éteindre & s'allumer ;

Je crus recommencer à te perdre, à t'aimer.

Je cherchois à graver plus avant dans mon ame

Tous les évenemens de ma funeſte flâme ;

Je rappellois tes torts, tes promeſſes, mes droits.

J'aurois voulu ſentir tous mes maux à la fois,

J'ai même défiré... Le Deftin me ravale,

Au point de fouhaiter d'avoir une rivale.

Je verrois des raifons du moins pour t'oublier...

Je pourrois effayer de te juftifier . . . .

Je pourrois me flater qu'une nouvelle flâme

Ne m'a point effacée encore de ton ame;

Qu'une heureufe rivale, en m'arrachant ton cœur,

Ne pourra t'empêcher de fentir mon malheur . ...

Mais peut-être qu'une autre, infenfible ou cruelle,

Et te connoiffant mieux, & plus maîtreffe d'elle,

T'accable de mépris... Soumis à fes rigueurs,

Trahis-tu fans remords mes fermens & mes pleurs?

Avant de te livrer au fort qu'on te réferve,

Que mon exemple au moins t'avertiffe & te ferve.

Si tu ne l'aimes pas encor bien tendrement,

Avant de t'engager, réfléchis un moment.

Ton deffein à tous trois fera fatal peut-être,

Du fort de tous les trois tu peux être encor maître;

Sans remplir tout ton cœur, je puis t'aimer affés

Pour que par tant d'amour tes fens foient abufés.

Tu me plains quelquefois, le remord te tourmente :

Crains de défefpérer une nouvelle amante ;

Crains du moins d'éprouver tout ce que j'ai fouffert.

L'avenir, à mes yeux à chaque inftant offert,

Joignoit aux maux préfens des craintes plus cruelles,

Qui cédoient un moment à des erreurs nouvelles.

Cette rapidité de mouvemens divers

Me plongeoit, mille fois, des cieux dans les enfers.

Peins-toi mon défefpoir & ma vaine efpérance,

Mes injuftes foupçons, ma folle confiance,

Ma crainte de te perdre au milieu des plaifirs,

La honte de nourrir longtems de vains defirs ;

Ces bouleverfemens qui toujours fe fuccedent,

Que fuivent les douleurs que les horreurs précedent...

Ces mots prefqu'effacés de mes pleurs font témoins.

En me défefpérant, profites-en du moins.

Avant que de partir tu fis une imprudence ;

Tu laiffas échapper des foupirs vers la France.

Si des feux mal éteints me chaffent de ton cœur,

Apprends-moi le fujet au moins de mon malheur.

L'incertitude enfin m'eſt trop inſupportable,

J'aime mieux devenir encor plus miſérable.

Nul changement ne peut augmenter mes ennuis,

Et je ne puis reſter dans l'état où je ſuis.

Le plus grand de mes maux eſt peut-être l'abſence.

Que tu me trouverois craintive en ta préſence !

Rien ne raſſureroit mes timides eſprits.

Que je ſuis abattue, ingrat, par tes mépris !

Ah ! ſi de nous revoir l'heureux inſtant approche,

Je n'oſerai riſquer de te faire un reproche.

Je ne ſuis plus jalouſe & ne fais d'autres vœux

Que de te voir, t'aimer & te cacher mes feux.

Je crois que je pourrois, moi que tu vis ſi fiere,

Servir avec reſpect une rivale altiere.

Mais hélas ! ton ami chargé de cet écrit,

Quitte, dans un moment, ce rivage proſcrit:

Il attend, pour partir, ma lettre infortunée.

A quel mépris elle eſt peut-être deſtinée !

Je comptois te tracer ſeulement quelques mots,

Confiés ſans eſpoir au caprice des flots.

Je te le jure enfin, dans ma premiere lettre,

A tes cruels desirs je sçaurai me soumettre.

Tu peux l'ouvrir sans crainte, il faut bien t'obéir :

Je sens que j'importune & je ne puis finir.

Terrible sentiment que rien ne peut détruire !

Je crois que je te quitte en cessant de t'écrire ;

Un an s'est écoulé depuis ces jours trop courts,

Où me donnant à toi je m'y crus pour toujours,

Où je mis à t'aimer mon devoir & ma gloire.

Ces instans sont déjà sortis de ta mémoire,

Ainsi que tes plaisirs, mes remords, ma pudeur,

Qui ne pouvoit céder qu'aux transports de mon cœur.

Tu chasses loin de toi ce qui te doit contraindre,

(Si tu ne peux m'aimer,) à me voir & me plaindre.

Le vaisseau va partir.... Que me fait son départ ?

Je ne redoute rien du Ciel ni du hasard ;

Je céde en t'écrivant au charme qui m'entraîne,

Je t'écris seulement pour soulager ma peine.

Pour la troisieme fois on m'avertit, hélas !

Qu'il m'en coûte !.. grand Dieu ! tu ne le conçois pas.

J'ai cent fois plus de peine à finir cette lettre,

Qu'à faire mon malheur tu n'en fentis peut-être,

Je n'ofe te donner ces noms tendres & doux,

Ces noms qui te plaifoient, qui fembloient faits pour
nous.

Tout ce qui te parut fi flatteur & fi tendre,

T'aigrit ou te déplaît ; tu ne veux plus l'entendre.

Pourquoi me trouvois-tu quelques foibles appas ?

Pourquoi ne fuis-je point née en d'autres climats ?

Je n'ofe plus gémir, ni condamner ta fuite ;

Juge quel eft l'état où le fort m'a réduite.

F I N.

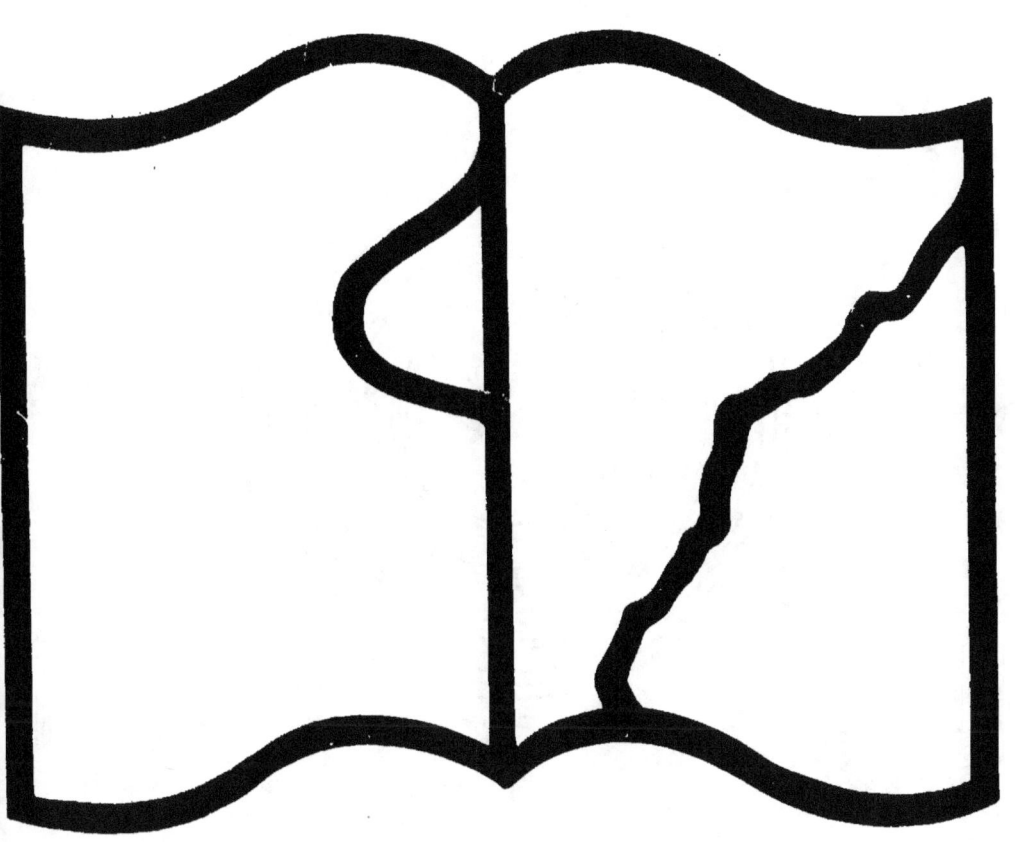

Texte détérioré — reliure défectueuse

NF Z 43-120-11

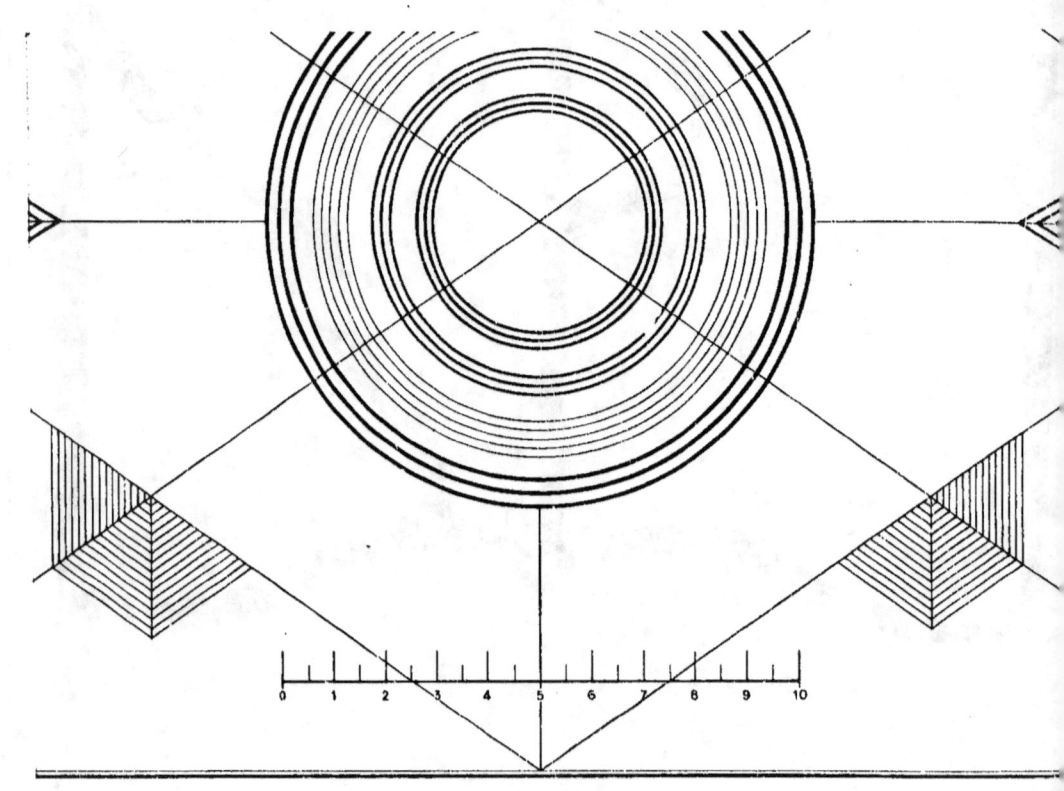

SERVICE PHOTOGRAPHIQUE

www.ingramcontent.com/pod-product-compliance
Lightning Source LLC
Chambersburg PA
CBHW072215210626
46818CB00014BA/2390